JEAN VIC

LES IDÉES

DE

CHARLES RIVIÈRE DUFRESNY

II

PARIS

LIBRAIRIE HACHETTE ET Cⁱᵉ

79, BOULEVARD SAINT-GERMAIN, 79

1917

JEAN VIC

LES IDÉES

DE

CHARLES RIVIÈRE DUFRESNY

II

Extrait de la *Revue du dix-huitième siècle*, n° 1

PARIS
LIBRAIRIE HACHETTE ET Cᵉ
79, BOULEVARD SAINT-GERMAIN, 79

1917

LES IDÉES DE CHARLES RIVIÈRE DUFRESNY

Nous avons, dans une précédente étude, envisagé Dufresny comme précur-
seur d'âges nouveaux par ses hardiesses de journaliste ou de théoricien.
comme inspirateur de Voltaire et de Beaumarchais par l'ingéniosité de ses
intrigues théâtrales. L'imagination inépuisable de cet original écrivain
s'exerce, avec autant de fécondité que dans son théâtre, dans d'autres
œuvres d'imagination : et là encore elle a été exploitée par des esprits bien
avisés. De même que les plus fameux parmi les auteurs comiques se sont
inspirés des pièces de Dufresny, de même les plus grands parmi les conteurs
ou romanciers — et tout particulièrement Honoré de Balzac — ont puisé
des idées fécondes dans ses *Nouvelles* ou dans ses *Amusements sérieux
et comiques*.

I

C'est de nom surtout que l'on connaît les *Amusements*. Tout ce que.
généralement, on sait du livre aujourd'hui, et tout ce qu'on en veut savoir,
est qu'il a inspiré les *Lettres Persanes :* c'est Voltaire qui l'a dit, et cette
affirmation vaut à l'ouvrage une mention rapide dans quelques Histoires
littéraires. On l'a même réédité, voici cinquante ans, dans le « Cabinet du
Bibliophile » [1] : mais les Bibliophiles ont enfoui le livre dans leurs tan-
neries, qu'ils appellent bibliothèques, et on n'en a plus reparlé. Cette
réimpression d'ailleurs était faite sans aucun soin, sur un texte douteux :
si bien que la date de l'édition originale est maintenant oubliée. Ce n'est

---

1. Collection Jouaust; en 1869, à Paris, in-16.

pas en 1705, à Amsterdam, comme le prétendent les Bibliophiles, ni en 1707, sous l'influence des *Nuits arabes*, comme il est dit couramment ; c'est en 1699, chez Ribou que l'ouvrage parut pour la première fois [1]. Il fut aussitôt reproduit chez Henri Desbordes, à Amsterdam, et Jacques Bernard en fit l'éloge dans les *Nouvelles de la République des lettres* [2].

Le livre était bien à la mode du temps : c'est un recueil de maximes et de pensées dans le goût de « M. de la Rochefoucauld et M. Pascal », dont Dufresny est un admirateur fervent ; c'est surtout un ouvrage de « caractères » sous l'influence de La Bruyère. Mais l'auteur n'imite en rien la gravité morose de ces grands hommes ; insouciant, il ne veut que « s'amuser » : « je me suis amusé à faire ces réflexions, je m'amuse à les écrire ». Et comme il s'amuse en homme d'esprit, « d'infiniment d'esprit », et du plus fin, du plus délicat, avec une originalité singulière dans les saillies, et une extrême fécondité d'idées (ce sont les critiques du xviiiᵉ siècle qui parlent ainsi, et ils n'étaient pas de mauvais juges en la matière [3]), il y a peu de lectures plus agréables et plus variées que celle de ce petit livre sans prétention. L'auteur, va, vient, « voyage », accompagné ou non de son Siamois, glisse adroitement d'un sujet à l'autre, les effleure tous par d' « ingénieuses plaisanteries », et va même jusqu'à railler doucement son lecteur, ce qui est encore une façon de s'amuser.

Le public s'amusa lui aussi : deux réimpressions françaises, dont la seconde date de 1706, et la contrefaçon hollandaise de 1705 ne suffirent pas à le satisfaire. En 1707, l'auteur, se félicitant « d'une réussite qui n'est plus douteuse » donne une seconde édition « revue, corrigée et augmentée ». Ces augmentations ont passé jusqu'ici complètement inaperçues : le texte choisi pour les « Œuvres » en 1730 — par erreur certainement — et reproduit par les éditions postérieures sous la date de 1707, est le texte primitif, celui de 1699. Pourtant, ces additions sont curieuses, et donnent bien une idée de la méthode de l'auteur.

Dans le premier chapitre, elles sont nombreuses, soignées, vraiment intéressantes ; elles sont rattachées au texte par les modifications et corrections nécessaires. Dans le second, elles sont en petit nombre, plus courtes, et simplement intercalées, à la façon de La Bruyère. Dans le quatrième, tout à la fin, on en rencontre une encore, assez longue, mais on y reconnaît, non sans surprise, une scène empruntée textuellement de la *Malade sans maladie* [4].

---

1. In-12, iv-288 p., avec une table très étendue. Sans nom d'auteur. Privilège du 11 juillet 1698. Achevé d'imprimer du 6 décembre 1698.

2. P. 348 ; mars 1699. Voir aussi le *Journal des Savants*, 1699, p. 72.

3. Voir notamment : le *Mercure de Trévoux*, janvier 1711 ; les frères Parfaict, *passim* : De Mouhy, *Tablettes dramatiques* ; d'Alembert, *Éloge de Destouches*, etc. Voir aussi l'article nécrologique du *Mercure*, octobre 1724.

4. Acte IV, sc. 11 et 111, entre Lucinde et Faussinville.

même, à un moment, nécessaire de s'excuser : ...« J'ai bien peur de l'avoir tout à fait perdu de vue ; et puisque j'avais commencé de voyager avec lui, il eût été plus régulier de l'avoir toujours à mes côtés. Mais qui sait si cette régularité ne vous eût point ennuyé ? J'aime mieux encore que mes *Amusements* soient irréguliers qu'ennuyeux [1]. » Or cette excuse, critique détournée de l'*Espion Turc* n'est-elle pas également une critique anticipée des *Lettres Persanes*, où la monotonie de cent soixante lettres pseudo-orientales finit vraiment par ennuyer un peu ?

Ce n'est pas qu'avec quelque bonne volonté on ne puisse découvrir certaines ressemblances de détail entre le livre de Dufresny et celui de Montesquieu. Dans sa lettre sur *le Jeu* qui forme le Xe *Amusement* et dans ses observations à l'Opéra, le Siamois commet des méprises non moins spirituelles que celles dont Usbek sera ou se dira la dupe. En outre, cinq ou six remarques sur la turbulence des Parisiens, sur le Palais, sur les Cafés, sur la Pierre philosophale, une ou deux indignations orientales sur les abus occidentaux, se correspondent assez exactement [2]. Surtout, le « Cercle bourgeois » de Dufresny, que nous allons voir imité aussi par Balzac, et où le Siamois joue son rôle, semble bien avoir fourni la 48e lettre persane, écrite par Usbek à Rhédi ; on y trouve le même cadre et quelques originaux tout semblables : le financier, le poète, l'homme à bonnes fortunes. On y trouve même quelques phrases identiques [3]. Là l'imitation peut être réelle ; mais il ne s'agit que d'une ou deux pages, qui sont parmi les moins intéressantes des *Lettres Persanes*. Et si Dufresny fait prévoir l'auteur de ces *Lettres*, c'est bien plutôt par l'allure frondeuse de ses essais de journaliste que par deux ou trois portraits presque insignifiants.

*
* *

Peut-être y a-t-il un livre fameux qui doit plus aux *Amusements* que les *Lettres Persanes*, bien qu'on n'en ait point fait la remarque : c'est le

---

1. P. 258, 2e édition. Nous nous faisons une règle de moderniser l'orthographe, lorsqu'elle n'offre rien de particulier à l'auteur.

2. Comparer *les Amusements*, p. 95, l'Opéra et *les Lettres Persanes*, lettre 28, la Comédie : *les Am.*, p. 58 à 62, les embarras de Paris et *L. P.*, l. 24 ; *les Am.*, p. 200, le Café, et *L. P.*, l. 36 : *les Am.*, p. 204, la Pierre philosophale, et *L. P.*, l. 45 ; *les Am.*, p. 190-195, et *L. P.*, *passim*. Villemain (*Cours de littérature française, XVIIIe Siècle*, t. 1er, XIVe leçon) avait déjà signalé comme « ayant passé du poète comique au président » : « quelques expressions sur la robe et l'épée, et une plaisanterie sur les jeunes marchandes du Palais » (*Am.*, p. 66-67 ; *L. P.*, l. 86).

3. *Les Am.*, p. 274-5 (2e éd.) : « Cet homme [un enrichi] qui s'offense de la familiarité d'un valet, *familiarisé avec un duc et pair* : quelle distance de lui au duc ! mais entre lui et le valet, je ne vois que le temps et l'argent. » *Lettres Persanes*, l. 48 : Qui est cet homme, lui dis-je,... *qui est si familier avec vos ducs et qui parle si souvent à vos ministres ?*... Cet homme, me répondit-il en riant, est un fermier. Il est autant au-dessus des autres par ses richesses qu'il est au-dessous de tout le monde par sa naissance. »

Diable boiteux de Lesage (1707). Cet ouvrage est important surtout, au
point de vue de l'histoire littéraire, en ce qu'il relie, par le lien d'une
intrigue et dans le cadre d'un roman, les portraits ou les pensées simplement
juxtaposés dans les *Caractères*. Et c'est bien ce qu'avait tenté Dufresny,
imparfaitement encore, par la fiction du Siamois. Les correspondances de
détail, qui ne manquent pas non plus[1], confirment que Lesage a utilisé le
livre : on peut donc soutenir avec fondement que les *Amusements* ont eu
leur part d'influence sur la « genèse » du roman de mœurs.

Dufresny, d'ailleurs, ne saurait autrement prétendre au titre de romancier :
il n'était pas homme à composer tout un roman[2]. Victime de sa paresse,
il s'est, comme toujours, contenté d' « ébauches » dans le genre purement
narratif. Mais ce sont, dans ce genre, d'intéressantes ébauches que les Nouvelles qu'il introduit dans son *Mercure* et les épisodes romanesques dont il
parsème ses *Amusements*. Ces divers contes, en raison de leur caractère
identique, demandent à être étudiés en un même groupe. Nous allons
rechercher tour à tour dans les premiers et dans le plus important des
seconds, les idées originales par lesquelles Dufresny fait encore œuvre
d' « inventeur ».

II

Comme il y a fort loin de la théorie à la pratique, Dufresny dans ses
Nouvelles — plus encore que dans son théâtre — oublie ses paradoxes de
théoricien. C'est qu'ici encore, il s'agit de plaire, de plaire aux dames qui
ont un faible pour les historiettes[3] : et il faut, pour leur plaire, beaucoup de
romanesque et de fantastique. Dufresny s'entend fort bien au romanesque,
et il imagine des intrigues très ingénieuses et divertissantes, dans le genre
irréel et poétique des Italiens ou des Espagnols. La plupart de ses Nouvelles
ont encore beaucoup d'agrément, et on regrette que l'éditeur des *OEuvres*
n'en ait reproduit qu'une quinzaine[4]. Quelques-unes sont charmantes ; deux

1. Comparer par exemple : les *Amusements*, ch. ix, « le médecin » et « la nature », et *le Diable
boiteux*, 1ʳᵉ édition, ch. vi, p. 111.

2. On possède bien, sous le nom de Dufresny, une espèce de roman, *Le Puits de la Vérité, Histoire
chinoise*, publiée en 1699 et deux fois rééditée au xviiiᵉ siècle. Mais Dufresny a désavoué cet ouvrage,
dont il revendique certaines parties seulement : « un petit conte et quelques autres badineries »
(*Mercure galant*, juillet 1711, p. 80). Cette question se rattache à l'étude du théâtre de l'auteur. En
effet, le petit conte dont il parle, et qui a pour titre *Histoire de Roger et de Marianne*, lui fournira en
1703 le sujet de sa comédie *Le Faux instinct*. Dufresny s'y parodie lui-même, en raillant fort agréablement l'idée de « sympathie » et de « voix du sang » qu'il avait tout d'abord prise au sérieux.

3. Voir le *Mercure* de mars 1712, p. 161 : les Dames de Boulogne en France se plaignent de ce
qu'il n'y a pas eu d'historiette les mois précédents, car c'est là ce qu'elles préfèrent.

4. Parmi les Nouvelles qui ont paru assez régulièrement dans le *Mercure* de 1710 à la fin de 1713,
une trentaine, dont la plupart ont été publiées les deux premières années, appartiennent visiblement

ou trois même — telle cette *Aventure du Carnaval*, de février 1711 — ont
sous leurs dehors de légèreté une signification morale qui porte loin.

Mais pour garder les apparences, l'auteur ne s'avise-t-il pas de présenter
comme des relations exactes de faits réels et récents ces contes bleus, où l'on
retrouve tous les personnages et toutes les conventions du théâtre : les sou-
brettes et les coquettes, les déguisements et les méprises ? Il les intitule
« Histoire toute véritable », et il feint de les tenir de témoins oculaires :
« Elle est de fraîche date : l'une des personnes intéressées dans l'aventure
me la vient de conter : elle est de la semaine passée. » Il garantit une
extrême exactitude : « Je n'y mets rien du mien que le tour des conversations : je vous les rapporterais mot pour mot, si j'y avais été présent, et que
j'eusse de la mémoire, tant j'aime à être exact dans les faits que je donne
pour véritables [1]. » Et puis viennent des intrigues de la plus amusante invrai-
semblance, des histoires de masques ou de fantômes supposés, — dont les
sujets sans doute sont très « originaux », mais n'appartiennent guère qu'au
monde des rêves.

On doit pourtant mettre à part cinq ou six de ces aventures, qui semblent
bien avoir un fond de réalité : elles comptent presque toutes parmi les premières que publia Dufresny, telles l'histoire de l'*Agioteur dupé* ou celle du
Procès d'une petite fille réclamée par deux mères [2]. Il faut aussi noter que l'on
trouve plus d'une fois, dans certains récits du *Mercure*, un indéniable souci
d'exactitude et de réalisme dans l'information. Ainsi Dufresny affirme au
mois d'octobre 1711 : « Il ne suffit pas d'avoir des correspondants dans les
pays étrangers et dans les provinces, j'en ai un très assidu, les fêtes et
dimanches, aux assemblées de la Courtille, Pantin, Vaugirard et autres pays
de la banlieue : on y apprend non seulement l'intérieur des familles bour-
geoises, mais encore ce qui se passe dans les grandes maisons. » Puis il cite
quelques anecdotes recueillies par ce *Correspondant de la guinguette* : c'est là
le goût des « dessous de cartes » que le *Diable boiteux* avait déjà tâché de
satisfaire.

Reconnaissons enfin que dans ses « historiettes », Dufresny se conforme
d'une autre façon encore à ses théories de novateur et de « moderne », en
accueillant tous les exotismes. Lorsqu'il reproduit des Nouvelles espa-
gnoles [3], il ne fait que suivre l'exemple de son devancier : mais il va plus

---

à Dufresny. D'autres lui sont envoyées par des correspondants, et, suivant l'usage, signées de leurs
initiales. Dans quelques autres, non signées, on ne reconnaît ni son style ni sa manière. — Pour
celles qu'il publie, l'éditeur des *Œuvres* a choisi le titre collectif : *Nouvelles historiques*.

1. *Mercure* de janvier 1712, de décembre 1710. Les prologues d'où sont tirées ces citations ont été
supprimés dans la médiocre édition des *Œuvres*.

2. *Mercure*, septembre, novembre 1710. *Œuvres*, 1747, t. IV, pp. 379, 399.

3. Ces Nouvelles sont de simples traductions ; et à en juger par le style dont elles sont traduites,
comme par la façon dont Dufresny estropie les rares mots castillans qu'il lui arrive de citer par
ailleurs, les traductions ne sont pas son œuvre.

loin, il publie « même » des contes orientaux [1] : et cela paraîtra quelque peu
osé, si l'on se rappelle le profond mépris que professaient en ce temps pour
les « contes arabes » les critiques « officiels [2] ». Ces contes sont assez abon-
dants, choisis avec goût, agréablement écrits ; — sans doute Dufresny
tenait-il, suivant l'usage de l'époque, à les retoucher de sa main. Il est même
remarquable qu'il aille jusqu'à s'en inspirer dans ses propres Nouvelles,
imitation à coup sûr fort « originale ». C'est ainsi qu'ayant publié en octobre 1712 l'*Histoire*, toute persane, *de Zaczer et de Bouladabas*, le mois suivant, il en retourne les rôles — ce qui est une habitude à lui —, il en modifie les mœurs et le costume, pour obtenir une « aventure bourgeoise » et
parisienne, l'*Entremetteur pour lui-même*, qui est des plus gaies et peut à la
rigueur passer pour vraisemblable. C'est, en sens inverse, ce que fera plus
tard l'auteur de *Zadig*.

Il est curieux de constater que *Zadig* a des rapports particulièrement
étroits avec l'un de ces contes orientaux. En juin 1712 (p. 195), Dufresny
donne, dans une rédaction qu'il attribue à « Mir-Khoscou, poète persien »,
cette fameuse histoire du chameau, dont Voltaire tirera son chapitre *Le Chien
et le cheval*. Cette histoire, on l'a déjà signalée dans le *Voyage des trois
princes de Sarendip*, traduit par le chevalier de Mailly d'une version italienne
d'un original arabe ; on l'a signalée encore, sous le titre de *Cynégéphore*
dans les *Soirées bretonnes* de Gueulette, qui pillait cette même traduction
italienne [3]. Mais l'ouvrage du chevalier ne parut qu'en 1719 : avec l'adaptation de Gueulette, qui date de cette même année 1712, le conte du *Mercure*
est donc la première version française de l'aventure. Et comme Voltaire, en
concédant même qu'il ait tout lu, ainsi que le veut l'*Année littéraire* [4], a lu
le *Mercure* beaucoup plus certainement que les *Soirées*, et sans nul doute
beaucoup plus tôt, c'est vraisemblablement Dufresny qui le premier attira
son attention sur cette ingénieuse fiction. Cette version d'ailleurs, dépourvue
des noms allégoriques et des embellissements dont Gueulette affadit la
sienne, débarrassée de quelques détails nauséabonds que conserve le chevalier, se trouve être la plus voisine de l'adaptation de Voltaire.

La question, il est vrai, ne présente, à notre point de vue, qu'une impor-

---

1. Dufresny annonce cette innovation dans la première livraison de son *Mercure*, p. 147.

2. Voir par exemple la correspondance de J.-B. Rousseau et de Brossette : lettres du 29 janvier,
du 25 mars 1716 (Édition Bonnefon, p. 33, 44, t. Ier).

3. Voir l'*Année littéraire*, 1767, I, p. 145 et suiv.; Dunlop, *History of prose fiction*, new edition,
1888, t. II; W. Seele, *Voltaire's Zadig ou la Destinée. Eine Quellenuntersuchung*, 1904. Aucun de ces
ouvrages ne mentionne le conte publié dans le *Mercure*. Celui-ci est annoncé comme tiré d'un choix
de contes orientaux qui paraîtra prochainement en Hollande. Ce recueil, déjà promis dans une livraison précédente (mai 1711, p. 11), n'a point paru, à notre connaissance. Mais Jonathan Scott a
donné en 1811, dans ses *Arabian Nights Entertainments*, la traduction anglaise de ce qui semble être
cette même rédaction persane de l'histoire du chameau.

4. *Année littéraire*, à l'endroit cité.

tance secondaire. puisque Dufresny ne peut revendiquer ici qu'un simple
mérite d'éditeur. Mais il en est tout autrement pour une nouvelle ébauche
romanesque, intercalée dans les *Amusements*, et que sut y découvrir pour
son très grand profit. le plus illustre des romanciers.

III

« Il y aurait, dit un historien récent du roman français. toute une étude
à écrire sous ce titre : *Balzac et les classiques.* » Et à l'appui de cette affirmation. M. Le Breton signale plusieurs rapports et ressemblances entre la
Comédie humaine et les œuvres de Rabelais, de Molière, de Lesage. de
Diderot[1]. Ce sont là les grands classiques, ceux que l'on imite à son insu
parce qu'on en est nourri, ou avec qui, lorsqu'on se nomme Balzac, on
rivalise de façon déclarée. Mais « les petits classiques », les oubliés ou méconnus
des xviie et xviiie siècle, Balzac se garde bien, lui, de les négliger. Car il était
un grand fureteur ! « Obligé de tout lire... », dit-il quelque part (c'est dans
la dédicace des *Employés*) ; il est vrai qu'il ajoute aussitôt : « ... pour tâcher
de ne rien répéter » ; mais de ce prétexte d'auteur, on peut faire bon marché :
Balzac ne dédaigne nullement d'imiter ou de répéter, quand l'occasion s'en
présente : l'oubli même où son modèle est tombé lui est un gage qu'on ne
découvrira pas le larcin — et. il y a un siècle, les *Amusements sérieux et
comiques* n'étaient guère moins oubliés qu'aujourd'hui. Il pensa donc réaliser
une bonne affaire en prenant au petit livre le plus important de ses épisodes
pour en faire tout un roman.

Rappelons ici que Dufresny puise rarement hors de son propre fonds : sa
plus grande ambition est d' « être original ». Mais comme le fonds d'idées
d'un seul esprit, si ingénieux soit-il. est nécessairement assez restreint.
Dufresny emprunte souvent des idées à ses propres écrits. Il le fait, nous
l'avons vu, dans son théâtre, il le fait plus d'une fois dans ses *Amusements*
— nous en avons vu un exemple aussi — et il le fait dans l' « Aventure du
Diamant » qui est l'épisode imité par Balzac. L'idée première de cette anecdote est prise à une courte comédie d'un acte. mêlée de prose et de vers. que
Dufresny avait fait jouer en 1693 sur le Théâtre italien, au moment de ses
débuts comme auteur dramatique : *Les Adieux des officiers ou Vénus Justifiée*[2].

1. André Le Breton, *Balzac. l'homme et l'œuvre.* 1905. p. 110-111. note.
2. La pièce est reproduite dans le recueil de Gherardi. t. IV. p. 315 à 348. A la rigueur. on pourrait
voir aussi une légère esquisse de cette fiction dans un épisode de l'*Amant de sa femme*, comédie de
Dorimond (un acte en vers. 1661. Sc. ix. vers 24 sq.. sc. xii. vers 13 sq.. sc. xviii, vers 30). Nous ne
parlerions pas de cette analogie. si elle pouvait passer pour un simple hasard : mais il se confirme par
ailleurs que Dufresny a connu la pièce. Contrairement à une affirmation trop absolue de notre précédente étude (dans la *Revue* de 1916, p. 136, l. 28 : « il a le mérite d'être le premier ». en trouve dan-

Si donc nous prenons soin maintenant de remonter jusqu'à cette comédie, nous aurons la bonne fortune de suivre l'évolution complète d'une « idée littéraire » : nous pourrons la prendre à sa naissance sur les tréteaux d'une troupe de bouffons, la voir s'affiner et prendre forme dans un ouvrage de « caractères », assister enfin à son épanouissement dans le roman d'un écrivain de génie.

. .

L'idée telle que Dufresny la conçut primitivement était en elle-même assez simple et même banale : la richesse chez un amant peut tenir lieu de tous les charmes, et une femme ne résiste jamais au plus sot homme du monde, s'il est bien muni d'or et de bijoux. Il n'y a là, certes, rien de très nouveau. Cette idée si commune, Dufresny voulut la revêtir d'une forme originale : il lui donna la vie par l'allégorie, et il la rendit comique par la parodie. L'homme sot et riche, c'est le dieu Plutus, et la femme coquette, c'est la déesse Vénus, qui met à mal la réputation de son mari, le bourgeois Vulcain. A peine l'officier Mars, amant de la belle, est-il parti pour la campagne d'été, que le dieu financier se présente au fond d'un coffre. Il en émerge d'abord sous la figure d'un sac d'argent, puis consent à prendre une forme plus humaine, mais bien trop sot pour prononcer une parole, il entreprend de conquérir sa maîtresse par la seule éloquence muette des actes : et il y réussit, — sans même ouvrir la bouche, ce qui est le plaisant de la scène. A chaque question de la coquette, il répond par un geste ou par un présent : un billet au porteur, un collier, et notamment « une grosse bague qu'il tire de son doigt et met au doigt de Vénus ». « On ne peut rien plus galant, remarque celle-ci, que cette façon de s'exprimer ». Pourtant elle se croit habile de feindre encore la résistance ; alors Plutus se fâche : « reprenant sa bague, son collier, son billet, il rentre dans le coffre qui se referme d'abord ». Et Vénus de se désoler, de rappeler à grands cris un aussi éloquent personnage : « M'entendez-vous, Plutus, mon cher Plutus ? » Tant et si bien que le coffre s'ouvre, mais celui qui en sort, c'est Vulcain en propre personne : il avait pris la figure de Plutus pour éprouver sa femme, et sa femme est confondue, à la grande honte du sexe.

la comédie de Dorimond, à l'état rudimentaire, l'idée originelle du « quiproquo » développé par Dufresny dans sa nouvelle l'*Aventure du bal* et à sa suite par Beaumarchais dans le *Mariage de Figaro*. Et dès 1721, Louis de Boissy avait saisi les rapports qui existent entre l'*Amant de sa femme* et l'*Aventure du bal* : en effet, la pièce qu'il écrivit à cette date sous le double titre *L'Amant de sa femme ou la Rivale d'elle-même* est à la fois une adaptation de la comédie et une mise à la scène de la nouvelle (Voir le *Mercure* de septembre 1721, p. 131 ; les indications ajoutées par les frères Parfaict, t. XV, p. 450, note et t. IX, p. 7, sont en partie inexactes). Signalons, pour en finir, que Dorimond affirme dans l'Épitre placée à la tête de sa médiocre comédie : « L'ouvrage ne doit rien aux sujets étrangers, sa création n'est due qu'à son auteur » : il ne semble donc pas que nous puissions faire remonter plus haut l'histoire de ces thèmes d'intrigues

Les bonnes grosses plaisanteries de ce genre ont toujours mis en gaîté les bourgeois de Paris, depuis qu'il en existe. Mais dans les *Amusements*, ce n'est plus aux bourgeois du parterre que s'adresse Dufresny, c'est à un public plus relevé, aux « honnêtes gens ». Surtout, « il ambitionne », comme il l'avoue quelque part, « les suffrages des dames », parce qu'elles ont « le goût plus délicat et plus vrai que les hommes »[1] ; et Dufresny a de bonnes raisons pour en juger ainsi : c'est parmi les dames qu'il provoque le plus souvent l'admiration, qu'il excite même parfois de lyriques enthousiasmes[2]. Il veut donc se montrer galant, et dans cette intention, lorsqu'il transporte la scène de séduction dans son nouvel ouvrage, il la modifie en retournant les rôles : cette grosse bague qui amenait la victoire du sot sur la coquette, elle assurera le triomphe de l'honnête femme sur le sot. Et pour que le triomphe soit plus méritoire, le sot n'aura plus seulement la richesse, il aura tous les avantages physiques : il sera un joli homme, jeune et des mieux tournés, un homme à la mode, paré d'un habit magnifique ; — il ne lui manquera qu'un peu d'esprit. Et pour que le triomphe soit plus éclatant, cette même grosse bague donnera à la femme l'occasion de confondre son mari, — tout comme Vulcain le mari avait confondu la femme Vénus.

Sur son sujet ainsi renouvelé, Dufresny écrit, dans le XIe Amusement, une anecdote d'une quinzaine de pages. En voici un résumé de quelques mots.

Dans un salon fort animé, un joli cavalier, idole des coquettes, aperçoit une jeune dame dont la beauté le charme. Il entreprend d'en faire la conquête. La jeune dame, qui est fort réservée, reste indifférente au manège du fat, à toutes les expressions de son éloquence muette. Et le cavalier, à bout de séductions, imagine de faire briller à ses yeux, pour la lui offrir, une bague qu'il a au doigt, ornée d'un diamant d'un grand prix. C'est une marquise, dont il est l'amant, qui lui a fait hommage de ce bijou : et il en est fier. Il ignore, par malheur, que la marquise le tenait elle-même d'un autre amant, et que cet amant est précisément le mari de la jeune dame, lequel a pris la bague à celle-ci. La jeune dame reconnaît son bijou, qui lui permettra de confondre un infidèle : elle l'accepte des mains du cavalier, et comme le fat se croit heureux, elle lui explique en raillant qu'elle n'a fait que reprendre son bien ; puis elle lui tire sa révérence.

Or le résumé qu'on vient de lire est aussi, très exactement — on l'a reconnu sans doute — celui de *La Paix du Ménage*, d'Honoré de Balzac. Il suffirait de remplacer le mot « marquise » par le mot « comtesse », ce qui est, semble-t-il, peu de chose, pour que la concordance soit tout près d'être parfaite.

---

1. *Mercure galant*, août 1711, p. 66-67 de la IIe partie.
2. Voir la lettre enflammée d'une dame anonyme dans le *Mercure* de juillet 1715, pages 109-113.

* *

Ainsi donc, Balzac n'a nullement modifié, dans son intrigue fondamentale, l'épisode des *Amusements*. Il s'est contenté de développer le « canevas » que lui offrait Dufresny, — car l' « Aventure du Diamant » n'était pas bien étendue : les quinze pages qu'elle occupe dans l'édition originale en tiendraient huit à peine d'un in-douze moderne. De ces huit pages, Balzac en a fait quatre-vingts, dans les *Scènes de la vie privée*. Il n'a pas cherché par ailleurs à dissimuler son emprunt — qui sans doute lui semblait par lui-même assez secret —, et il a fait à son modèle l'honneur de le suivre, dans plusieurs passages, pas à pas, et même mot à mot. Quelques citations sont nécessaires. Elles seront particulièrement instructives si nous remontons au texte primitif de *La Paix du Ménage*, tel qu'il se lit dans les premières éditions des *Scènes de la vie privée* (1830 et 1832)[1], où l'influence du modèle est récente et directe.

Dans la scène principale, celle où la jeune dame, que Balzac nomme la comtesse de Soulanges, reprend au fat, que Balzac baptise Martial de la Roche-Hugon, le diamant qu'elle avait perdu, — dans cette scène surtout, l'imitation est presque littérale. Pour qu'on en puisse juger, Balzac et Dufresny vont se répondre par couplets alternés.

Les Amusements, p. 268, 2ᵉ éd. ... Que fera-t-il donc pour s'expliquer clairement ? il a au doigt un diamant d'un grand prix, il faut trouver une manière galante de l'offrir : il prend un air enjoué et badin qui lui donne lieu de poser sa main dans toutes les attitudes qui peuvent faire briller son diamant aux yeux de l'indifférente. Il l'éblouit, elle tourne la tête d'un autre côté, ce badinage l'importune...

La Paix du Ménage (t. 2, p. 358 des *Scènes*..., 1830) : Celui-ci faisait jouer par maintien le beau diamant qui ornait le doigt annulaire de sa main gauche. Les feux jetés par les facettes de la pierre semblèrent faire pénétrer une lueur subite dans l'âme de la jeune comtesse. Elle rougit et regarda le baron avec une impression indéfinissable...

Les Amusements, p. 270. Dans le moment qu'il désespère de son entreprise, cette cruelle, cette insensible *lui saisit brusquement la main, pour voir de près le diamant* dont elle détournait d'abord les yeux : quel changement de fortune pour un amant rebuté ! Il reprend courage, et pour faire une déclaration en abrégé, il la tire de son doigt et la présente. On la prend ; et afin de la mieux considérer, on redouble d'attention ; il redouble d'espérance et de hardiesse ; *il croit être en droit de baiser une main qui reçoit son diamant.*

La Paix du Ménage, p. 365. ...Elle sourit, et ce sourire sembla mettre fin à la lutte de

---

[1]. La première édition a été récemment acquise par la Bibliothèque Nationale ; c'est à elle que nous empruntons nos citations. Le roman est daté de juillet 1829, mais ne parut qu'au mois d'avril 1830. Il est à remarquer que cette date de 1830 est aussi celle d'une réédition des *Amusements*, dans la petite collection des Classiques français de Lecointe, qui contient tant d'œuvres oubliées du XVIIIᵉ siècle (Œuvres de Dufresny, 2 vol. in-32). — Nous n'apprendrons à personne que *La Paix du Ménage* est un des romans les plus lus de Balzac : il est un des plus « populaires » grâce à sa réimpression dans de nombreux recueils à bon marché.

tous les sentiments qui se heurtaient dans son cœur ; aussi le baron fut-il ravi. *Elle prit de la manière la plus séduisante la main gauche de son adorateur*, et lui ôta du doigt la bague sur laquelle elle avait fixé des yeux animés pas tout l'éclat de la convoitise.

— Voilà un bien beau diamant !.... s'écria-t-elle doucement et avec la naïve expression d'une jeune fille qui laisse voir les chatouillements d'une première tentation.

Martial, ému de la caresse involontaire, mais enivrante que la comtesse lui avait faite en dégageant le brillant, la regarda avec des yeux aussi étincelants que la bague.

— Portez-la, lui dit-il, en souvenir de cette heure céleste, et pour l'amour de...

Elle le contemplait avec tant d'extase qu'il n'acheva pas, *il lui baisa la main.*

Ici Balzac, pour donner plus de vivacité à la scène, ajoute un bref dialogue de son crû ; mais l'imititation reprend bien vite, et désormais nous ne faisons plus de suppression ni dans l'un ni dans l'autre texte.

Les Amusements, p. 271. La Dame est si attentive à le regarder qu'elle ne pense point à se fâcher : au contraire, elle sourit et sans autre cérémonie *met la bague à son doigt.* C'est à présent que la conquête est assurée ; l'amant, *transporté de joie, propose l'heure et le lieu du rendez-vous.*

La Paix du Ménage, p. 366. *Elle mit la bague à son doigt.* Martial, *comptant sur un prochain bonheur*, fit un mouvement...

Les Amusements, p. 272. Monsieur, lui dit alors la dame, *d'un grand sang-froid*, je suis charmée de ce diamant ; et *ce qui fait que je l'ai accepté sans scrupule, c'est qu'il m'appartient :* oui, Monsieur, le diamant est à moi : mon mari le *prit sur ma toilette, il y a trois mois*, et me fit croire ensuite *qu'il l'avait perdu.*

La Paix du Ménage, p. 366 ...mais la comtesse se leva tout-à-coup, *et dit d'une voix claire qui n'accusait aucune émotion: Monsieur, j'accepte ce diamant avec d'autant moins de scrupule qu'il m'appartient.*

Le maître des requêtes interdit resta immobile, la bouche béante.

— M. de Soulanges *le prit, il y a six mois, sur ma toilette et me dit l'avoir perdu.*

Les Amusements, p. 272. — Cela ne peut être, réplique le fat, c'est une Marquise qui me l'a troqué.

— *Justement*, continue la femme, mon mari connaît cette Marquise ; il lui a troqué mon diamant, la Marquise vous l'a troqué, et moi je vous le prends pour rien, quoique mon mari méritât bien que je fusse d'humeur à en donner *le même prix* qu'il en a reçu de la Marquise.

La Paix du Ménage, p. 367. Vous êtes dans l'erreur, Madame, dit Martial d'un air piqué, car je le tiens de Madame de Vaudremont.

— *Précisément*, répliqua-t-elle en souriant, mon mari m'a emprunté cette bague, la lui a donnée, elle vous en a fait présent. Eh Monsieur, si elle n'eût pas été à moi, soyez sûr que je ne me serais pas hasardée à la racheter *au même prix* que la comtesse....

Les Amusements, p. 273. A ce coup imprévu, le joli homme demeure *interdit et confus :* c'est en cette occasion que je lui pardonne d'être muet, un homme d'esprit le serait à moins.

La Paix du Ménage, p. 367. Mais, tenez, ajouta-t-elle en faisant jouer un ressort caché sous la pierre, les cheveux de M. de Soulanges y sont encore....

Elle poussa un rire éclatant et railleur, puis elle s'élança dans les jardins avec une telle prestesse qu'il paraissait inutile d'essayer de la rejoindre. D'ailleurs, Martial, *confondu*, ne se trouva pas d'humeur à tenter l'aventure.

Voilà une imitation qui touche de bien près au plagiat! d'autant plus qu'une comparaison impartiale ne serait peut-être pas toujours, pour cette scène, à l'avantage du copiste. Il est permis de préférer le style de Dufresny, « naturel et négligé » (comme il l'apprécie lui-même), aux exagérations précieuses et prétentieuses de notre grand romancier : des extases, des enivrements, des heures célestes, et, tout à côté, les « formes célestes » de la comtesse, l' « éclat surnaturel » de son visage, c'est beaucoup pour une aventure de ce genre...

Mais ce n'est pas seulement dans la partie romanesque de son ouvrage que Balzac imite Dufresny : c'est aussi dans la partie d'observation et d'analyse, — et par exemple dans la description de la brillante assistance au milieu de laquelle se passe l'aventure.

Balzac a réuni, pour cette description, plusieurs traits épars dans le XIᵉ Amusement. Dans ce chapitre, Dufresny dépeignait le « Cercle bourgeois », le « salon parisien », où évolue son cavalier ; et il s'efforçait de donner une idée vivante des conversations mondaines, brillantes et décousues, toutes remplies de médisances perfides. Pareillement, Balzac veut faire juger « du ton qui régnait dans les salons de Paris » à l'époque où se passe son histoire, et il cite de nombreux traits de médisances mondaines[1]. Dufresny signalait la duplicité des gens du monde, leurs prévenances hypocrites et « sournoises », leur habileté qui les fait « paraître dans leurs discours et leurs manières le contraire de ce qu'ils sont ». Ainsi fait Balzac, en noircissant un peu plus le tableau : « Là comme ailleurs, le plaisir n'était qu'un masque. Les visages sereins et riants, les fronts calmes y couvraient d'odieux calculs. Les témoignages d'amitié mentaient, et plus d'un personnage se défiait moins de ses ennemis que de ses amis »[2]. On voyait chez l'un des joueurs de lansquenet, à l'habillement négligé, aux yeux battus, à la voix éteinte ; on voit aussi chez l'autre des joueurs silencieux, à la figure blême et fatiguée, engagés dans des parties furieuses, — mais ils ont remplacé le lansquenet par la bouillotte[3]. Enfin le premier nous montrait un ancien laquais enrichi par la finance, se mêler aux plus nobles gentilshommes, « familiariser avec un Duc et Pair » ; et le second, imitateur fidèle, nous parle de la banque qui, « orgueilleuse de ses richesses, défiait (au cours de la fête), les éclatants généraux et les Grands Officiers »[4].

Il arrive même que tel personnage, qui ne jouait aucun rôle dans l'anecdote de Dufresny, et semble en son entier une création de Balzac, ne soit lui-même qu'une imitation. Il en est ainsi de cette douairière, appelée d'abord

---

1. *Scènes de la vie privée*, 1830, t. II, p. 299 et suiv.
2. *Les Amusements*, p. 217, 235-237 ; *Scènes*, p. 297.
3. *Les Am.*, p. 252-253 (cf. p. 190 et suiv.) ; *Scènes*, p. 327-328.
4. *Les Am.*, p. 274-275 ; *Scènes*, p. 297.

duchesse de Marigny, et qui prend ensuite, dans la *Comédie humaine*, le nom
de duchesse de Lansac. Son portrait correspond exactement avec celui d'une
certaine « médisante » du XIe Amusement. Celle-ci nous était présentée
comme « une femme pénétrante, qui *déchiffre impitoyablement* les personnages du Cercle, quand ils auraient eux-mêmes *assez d'habileté pour cacher
leurs défauts* ». De même Mme de Lansac est « une des plus savantes
duchesses », dit le texte primitif, « une des plus perspicaces et malicieuses »,
accentuent les éditions suivantes, « que le xviiie siècle a léguées au xixe » :
« Madame de Vaudremont avait beau mettre en usage les ruses de femme
pour cacher son émotion, la douairière savait lire dans son cœur et dans sa
pensée ». Les autres traits ne concordent pas moins bien : même affectation
de manières, même talent pour « conter des anecdotes », même goût enfin
pour les remontrances où « la morale » se mêle à la médisance[1].

Voilà de quoi faire perdre patience à un Balzacien ou à un ennemi des
chercheurs de sources : Que prouvent, s'écrie-t-il[2], ces vétilleuses remarques, et qu'importent quelques emprunts de phrases ou de mots ? Pour
un détail qu'il prend, Balzac en apporte une multitude, pour un portrait
qu'il imite, il en imagine ou en recrée plusieurs, et en tout premier lieu
celui des deux personnages principaux. Qu'y a-t-il de commun, par
exemple, entre le sot et muet bellâtre des *Amusements* et le séduisant baron
Martial, « Provençal léger » et superficiel, mais « plein d'esprit et plein de
grâce » ? — A ceci on pourrait répondre par une nouvelle vétille : si
Balzac fait de son héros un Provençal spirituel, c'est qu'il a remarqué
dans le Cercle bourgeois « la vivacité d'un Provençal qui brille par ses
saillies d'esprit[3] ! » Et on pourrait ajouter que de telles minuties ne veulent
rien prouver contre personne, qu'elles cherchent simplement à montrer
l'écrivain dans son travail de composition, qui est nécessairement minu-
tieux.

Mais il est temps de reconnaître que Balzac, comme on devait s'y attendre,
a su se montrer profondément original dans son roman. Tout en conservant
le sujet dans ses grandes lignes, il modifie une fois encore, il renouvelle l'ins-
piration ; il donne à l'aventure une tout autre portée. L'idée entre dans une

---

1. Comparer *Les Am.*, p. 219 et suiv. ; et *Scènes*, p. 334 et suiv.

2. En cela, il ne fait que suivre l'exemple de Balzac lui-même : celui-ci, dans une note qu'il place
à la fin de la première édition des *Scènes*, et qui — singulière coïncidence — vient immédiatement
après la *Paix du Ménage*, a pris soin de se défendre de façon générale et préventive contre le reproche
d'imitation : « L'auteur croit qu'il n'est pas inutile pour lui de consigner ici l'opinion très dédaigneuse
qu'il s'est formée sur les ressemblances si péniblement cherchées par les oisifs de la littérature entre
les ouvrages nouveaux et les anciens ouvrages... Les détails seuls constitueront désormais le mérite
des ouvrages improprement appelés *Romans*. » Voir dans l'édition Michel Lévy des *Œuvres* de Balzac
(t. XXII, p. 380) le texte complet de cette très curieuse « postface ».

3. Comparer le premier texte de la *Paix du Ménage* (1re éd. des *Scènes*), p. 311, 325, et *Les Am.*,
p. 215.

troisième phase : il ne s'agit plus, comme dans les *Adieux des Officiers*, de
la revanche du mari sur la perversité de la femme, il ne s'agit plus, comme
dans les *Amusements*, de la victoire de la ruse féminine sur la sottise de
l'homme — puisque « l'homme » a perdu toute sa sottise, pour ne garder
que la légèreté —, il s'agit du triomphe de la femme mariée et honnête sur
la coquette et la volage. Cette coquette, Dufresny en faisait « une marquise », et c'est tout ce qu'il trouvait à en dire : Balzac en a fait la comtesse
de Vaudremont, et en même temps a fait d'elle, ainsi que de sa victime le
comte de Soulanges, un personnage de premier plan. La lutte est maintenant
entre les deux femmes pour la possession de l'amant ou du mari, et de cette
lutte, le diamant décidera. Balzac prend au sérieux ce qui n'était qu'une
« galanterie » sans conséquence, et pour qu'on ne s'y méprenne pas, il s'en
explique tout au long par le petit sermon qu'il place dans la bouche de son
énigmatique duchesse. Ce qui est en jeu, ce n'est plus l'amour-propre et ses
petitesses, c'est la tranquillité du foyer, le bonheur de la vie commune,
l'avenir des enfants, c'est « la paix du ménage ». Et voilà qu'une plaisanterie de théâtre, le badinage d'un livre d' « amusements » est devenu une
grave leçon de morale, prônée par la grosse et forte voix de Balzac.

**

Comment a eu lieu le changement ? Comment se fait-il qu'il n'y ait point
disproportion entre un sujet aussi simple et une intention aussi sérieuse ? —
Nous demandons ici licence de nous éloigner un peu encore de Dufresny,
pour nous attacher de plus près à son imitateur, et pour montrer comment Balzac en est venu à ses fins avec la plus grande habileté. Tout
d'abord, comme on se serait assez peu intéressé aux faits et gestes d'une
« dame » du xviiᵉ siècle, il a rendu l'aventure contemporaine. La scène se
passe sous l'Empire, « vers la fin du mois de novembre 1809 » ; le baron
Martial est un favori « sur lequel Napoléon se plaît de verser des faveurs
inouïes » ; le comte de Soulanges est un colonel de l'artillerie de la garde,
Mme de Vaudremont est une personne bien connue, qui a péri dans l'in-
cendie de l'ambassade d'Autriche[1]. Bien mieux, Balzac n'hésite pas à nous
faire croire que l'épisode est caractéristique du temps, et n'eût jamais été
possible que sous l'Empire : « un trait qui caractérise cette époque, unique
dans nos annales, affirme-t-il dans son préambule, fut une passion effrénée
pour tout ce qui brillait... Jamais le diamant n'atteignit à une aussi grande
valeur. Les hommes étaient aussi avides que les femmes de ces cailloux
blancs, dont ils se paraient comme elles ». Puis il ajoute que ces observations

---

1. Ce dernier détail manque dans le texte primitif.

étaient « nécessaires » pour expliquer « les événements » rapportés[1]. Après tant d'audace, qui se douterait, si le hasard ne mettait sur la voie, que les événements sont antérieurs à l'Empire de plus d'un siècle ?

Le sujet ainsi rajeuni, non content de le prendre au sérieux, Balzac le prend au tragique, et tout à fait au tragique. La comtesse de Soulanges, venue au bal malgré elle, est plongée dans la plus profonde douleur ; elle est si pâle qu'on la croirait souffrante, elle vit dans les larmes et le silence le plus amer. Son mari, cruellement torturé des remords de sa faute, sombre, convulsif, farouche, ne songe qu'à « fendre des crânes » et à se brûler la cervelle : car cet infidèle est aussi le plus violemment jaloux de tous les hommes. Ainsi, la fortune, le bonheur ou la vie de quatre personnes — et même de cinq en tenant compte du colonel Montcornet, qui prétend à la main de Mme de Vaudremont — sont attachés au diamant que Martial porte au doigt : et réunies dans le même salon, ces cinq personnes attendent avec émotion ou avec angoisse le dénoûment de la scène.

Ce dénoûment une fois acquis, Balzac prend plaisir à le prolonger, sans doute pour que la morale se détache plus clairement : il nous montre — attendrissant tableau — les deux époux réconciliés, il prend même la peine de nous avertir que la réconciliation est définitive.

Ce dénoûment, d'autre part, n'est plus, comme c'était le cas dans les *Amusements*, l'effet d'un hasard et d'une rencontre, il a été voulu et préparé : il ne s'agit plus d'une « aventure », mais d'une « intrigue », savamment conduite par un intrigant personnage, qui n'est autre que la duchesse de Lansac. C'est elle qui a amené au bal la comtesse de Soulanges ; c'est elle qui s'est assuré la complicité du colonel Montcornet ; c'est elle qui, par ses remontrances, a mis dans son jeu Mme de Vaudremont, l'a détachée de Martial, et l'a déterminée à pousser vers la comtesse le présomptueux baron. C'est elle encore qui, par ses regards expressifs et par tout son manège, a indiqué à la timide jeune femme le rôle qu'elle avait à jouer : « Le voici. Venge-toi ». Lorsqu'enfin tous ses fils ont été noués, elle se retire, tel un général sûr de la victoire, mais afin de rendre le succès immanquable, elle prend encore le soin d'emmener avec elle le comte de Soulanges, dont la jalousie pourrait provoquer un éclat. Et sans doute, si toute cette manigance paraît des plus habiles, si elle produit son effet avec tant d'exactitude, c'est parce que Balzac y met beaucoup de bonne volonté : elle n'en ajoute pas moins à l'histoire l'intérêt si vif et si dramatique que produit une complication adroitement machinée.

Pour aviver encore la curiosité et la tenir en suspens, Balzac a recours aux petites rouerics de son métier. Il y a un « mystère » dans ce roman : l'héroïne nous est présentée comme une inconnue, une « petite dame bleue »

---

1. *Scènes*, p. 295 et p. 298.

dont on brûle de savoir le nom, sans pouvoir le découvrir de toute une moitié du récit. Le rôle même du diamant prête à des combinaisons savantes : à plusieurs reprises la pierre a attiré l'attention par sa grosseur et sa beauté, et brillé de toutes ses facettes, avant qu'elle ne devienne le centre et le nœud de l' « imbroglio ».

Si nous ajoutons que les analyses des caractères, tant imités qu'imaginés, portent toutes la griffe de l'auteur — le délicieux portrait de l'héroïne [1] peut servir d'exemple — ; que Balzac introduit dans son récit des tableaux de mœurs de la plus vivante vérité — telle la conversation des deux amis, qui forme exposition —, nous aurons, semble-t-il, satisfait les plus passionnés des Balzaciens.

Pourquoi donc nous faut-il encore contrarier leur enthousiasme ? — Les citations que nous avons faites jusqu'ici sont empruntées au premier texte de la *Paix du Ménage*, écrit à une époque où Balzac en est à ses débuts dans le roman de mœurs, où l'idée de la *Comédie humaine* n'est pas encore conçue. Douze ans plus tard, dans l'édition définitive, Balzac juge à propos de corriger son œuvre, et entre autres modifications plus ou moins heureuses, il s'avise de transformer le caractère de Martial. Le baron n'est plus le jeune homme vain et léger qu'il était et qu'il devait être, il est un prodige de dissimulation et d'habileté : « ... Quoique vive et jeune, sa figure possédait déjà l'éclat immobile du fer-blanc, l'une des qualités indispensables aux diplomates et qui leur permet de cacher leur émotions, de déguiser leurs sentiments... Martial appartenait à cette classe d'hommes capables de calculer leur avenir au milieu de leurs plus ardentes jouissances » etc... ; tout ceci entremêlé de considérations sur « le cœur des diplomates », très profondes sans doute, mais comment ce machiavélique personnage peut-il se laisser prendre aussi facilement au piège que lui tend la comtesse ? et comment l'histoire tient-elle encore debout? Ce serait assez peu explicable, — si, lorsqu'on est un grand génie et qu'on écrit une « comédie humaine », on ne se devait à soi-même de mettre à tout prix de la profondeur partout.

*
* *

Si cette comparaison n'était déjà assez longue, ce serait ici le lieu de suivre — au moins en intention — le mauvais exemple de Balzac, et de tâcher à se montrer « profond ». Reprenant une théorie qui fut chère à Ferdinand Brunetière, on pourrait faire observer que ce n'est point un hasard, si l'idée dont l'histoire vient d'être tracée passe d'une comédie à un ouvrage de caractères et de cet ouvrage à un roman moderne ; que bien au contraire

---

[1]. Cette héroïne, Balzac devait l'avoir en particulière sympathie, puisqu'il se souvient encore d'elle dans *Le Député d'Arcis*, et l'identifie avec l'une des sœurs d'Eugène de Rastignac.

une telle évolution est « tout à fait caractéristique ». On pourrait rappeler qu'en effet La Bruyère procède de Molière, et que Lesage est nourri des *Caractères*, et que le premier roman moderne est, sinon le *Diable boiteux*, du moins sans contredit le *Gil Blas*. Puis on affirmerait qu'il n'aurait pu en être autrement, qu'il est naturel que l'homme réclame d'abord un « spectacle » matériel, avant de se restreindre peu à peu à la seule « observation », et qu'il est non moins naturel qu'il considère, un temps, les tableaux de mœurs et les intrigues ou « aventures » comme deux choses inconciliables, qu'il se borne à les juxtaposer dans un même ouvrage — ainsi que fait Dufresny —, avant d'imaginer d'unir intimement — comme fait Balzac — la fiction à l'observation. Et on se hausserait, pour conclure, jusqu'à proclamer que ce développement « découle nécessairement des lois éternelles de l'esprit humain » : et il n'y aurait rien de plus philosophique, — mais ce serait vraiment trouver beaucoup de choses prétentieuses dans une aventure de quelques pages, qui ne voulait être qu'un simple amusement.

14 mars-10 juillet 1916.

Jean Vic.

CHARTRES. — IMPRIMERIE DURAND, RUE FULBERT.